是嗎？如果秋天一年連續來兩次，不知道會變成怎麼樣？
變成
來啦。
晴空
伊豬豬
魯豬豬
恰喀 恰鈴 恰鈴鈴
不好意思，獻醜了！
晴空
伊豬豬
魯豬豬
拍手 拍手 拍手 拍手 拍手 拍手

怪傑佐羅力之命運倒數計時

文·圖 **原裕**　譯　王蘊潔

哇，有蕈菇，有蕈菇。
秋天啊，真是一個好季節。有這麼多免費的美食可以享用。
佐羅力大師，你採得也未免太多了吧。

附錄② 佐羅力著色畫

☆這一頁是著色畫，請大家為這幅畫畫上漂亮的顏色。

這、這可不是我偷懶呵。

秋天來了
秋天到了
秋天就要採蕈菇
鴻喜菇、松茸、
金針菇
想採多少就採多少
享受大自然的恩惠
統統吃下肚
我要努力尋找
我的新娘子
要找一個傾國傾城的
美麗公主

在秋天的山坡上，佐羅力三人採了很多蕈菇，正準備吃的時候，

不遠處，在落葉底下，傳來一個有氣無力的女人求救聲。

佐羅力撥開落葉一看，
發現地上有一個很大的洞。
聲音就是從洞裡傳來的。
「請等一下，我馬上來救你。」
佐羅力馬上變身，
成為怪傑佐羅力，

他從旁邊的樹上，拉了一根看起來很牢固的藤蔓，把藤蔓垂降到洞裡。

「趕快用力抓住這條藤蔓。」

佐羅力他們三人齊心協力，用力把藤蔓拉了上來。

結果，從洞裡……

……拉出來一個漂亮的女人。她手上抱著一個籃子，裡面裝了滿滿的蕈菇。

「謝謝你們，我叫小雪，就住在這附近，剛才在這裡採蕈菇，一不小心，掉進被落葉蓋住的洞裡面。

我剛才在洞裡感到很害怕、很不安，擔心萬一沒有人經過，不知道該怎麼辦才好。你們是我的救命恩人，快到吃午飯的時間了，我想請你們去我家吃我做的蕈菇料理，表達我內心的感謝。」

佐羅力三人跟著小雪，來到她家。

「今天的天氣特別好，我們就在庭院裡吃午餐吧。」

小雪把桌子搬到了庭院裡，請佐羅力三人入座後，立刻進廚房準備她拿手的蕈菇料理。

「她好漂亮呵，簡直美如天仙啊……」

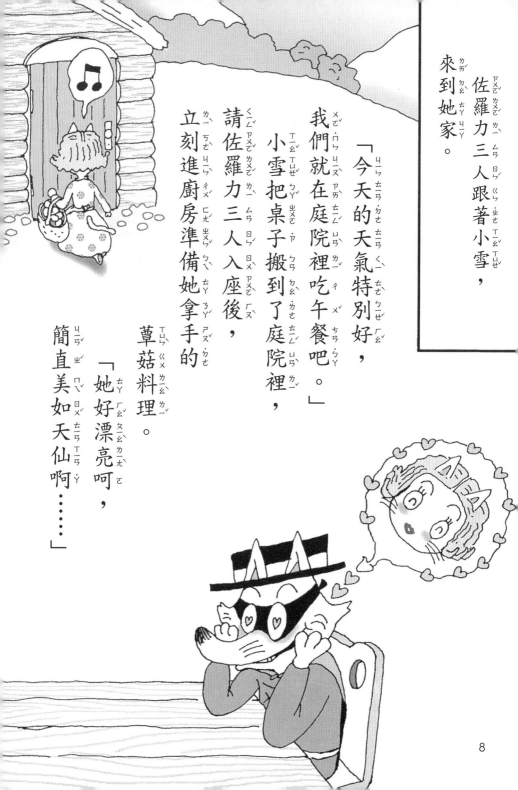

佐羅力墜入了情網，
他愛上了小雪。
這時，伊豬豬和
魯豬豬突然
站了起來，
鼻子用力嗅著，
轉眼之間，
就跑進了樹林裡。
不一會兒，小雪——

小雪推了一輛好大的推車過來，上面放了各式各樣的蕈菇料理，每一道菜看起來都非常美味可口，讓人垂涎三尺。

「各位，讓你們久等了，肚子是不是餓壞了？」

佐羅力開心的舔著嘴脣。

就在這時，伊豬豬和魯豬豬

蕈菇漢堡
蕈菇沙拉
奶油烤蕈菇
烤松茸
蕈菇濃湯
蕈菇義大利麵
舞菇味噌湯

從庭院後方跑回來了，
他們手上全沾滿了泥巴。
「怎麼了？怎麼了？
馬上要吃飯了，
你們真是太沒禮貌了，
趕快去把手洗乾淨。」
佐羅力數落著他們，
伊豬豬在佐羅力面前
張開滿是泥巴的手。

他的手上有一塊黑色的東西，形狀很奇怪。

「我們聞到這個味道，忍不住就去把這個挖了出來。佐羅力大師，這是什麼東西？」

魯豬豬問道。

「我哪知道這是什麼鬼東西，

長得好像一塊超級大鼻屎，
髒死了，
趕快拿去丟掉！」
佐羅力露出很受不了的表情。
但是，
小雪卻目不轉睛的
盯著那塊黑色的東西看。
「等、等一下。」
她慌忙跑回屋內……

……然後，帶著一本蕈菇圖鑑走了回來。

「是不是這種蕈菇呢？」

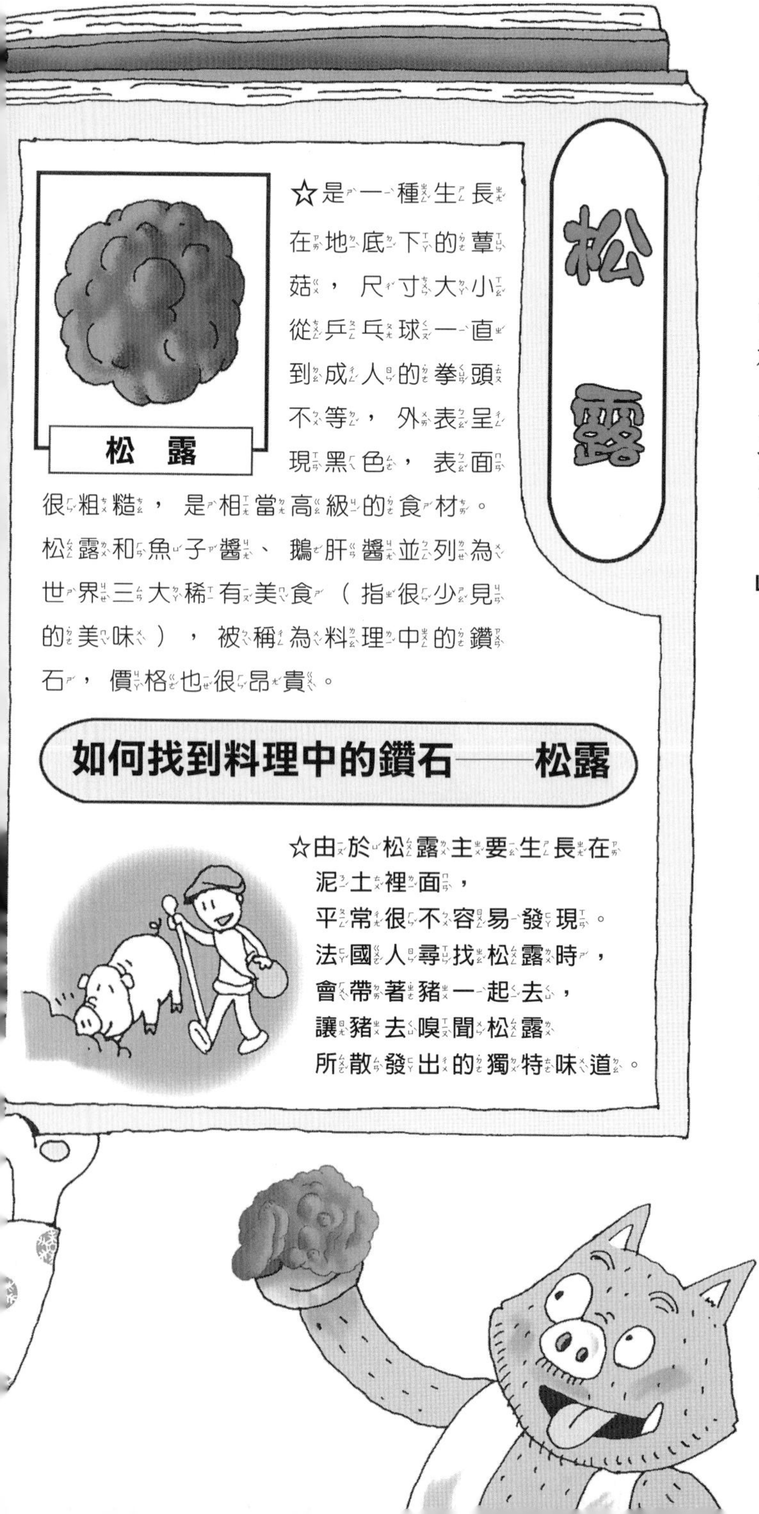
松露
☆是一種生長在地底下的蕈菇，尺寸大小從乒乓球一直到成人的拳頭不等，外表呈現黑色，表面很粗糙，是相當高級的食材。松露和魚子醬、鵝肝醬並列為世界三大稀有美食（指很少見的美味），被稱為料理中的鑽石，價格也很昂貴。
松　露
如何找到料理中的鑽石——松露
☆由於松露主要生長在泥土裡面，
平常很不容易發現。
法國人尋找松露時，
會帶著豬一起去，
讓豬去嗅聞松露
所散發出的獨特味道。

對，這就是松露啊。這種高級蕈菇價格很昂貴，平時很少有機會可以吃到。沒想到竟然可以在我家附近採到，實在太厲害了！
喔，圖鑑上面還寫著，法國人都是讓豬去尋找松露。所以，你們剛才會這麼興奮，正是因為體內的豬隻本能讓血液沸騰啊。

看到小雪如此高興的樣子，
佐羅力也忍不住跟著眉開眼笑。

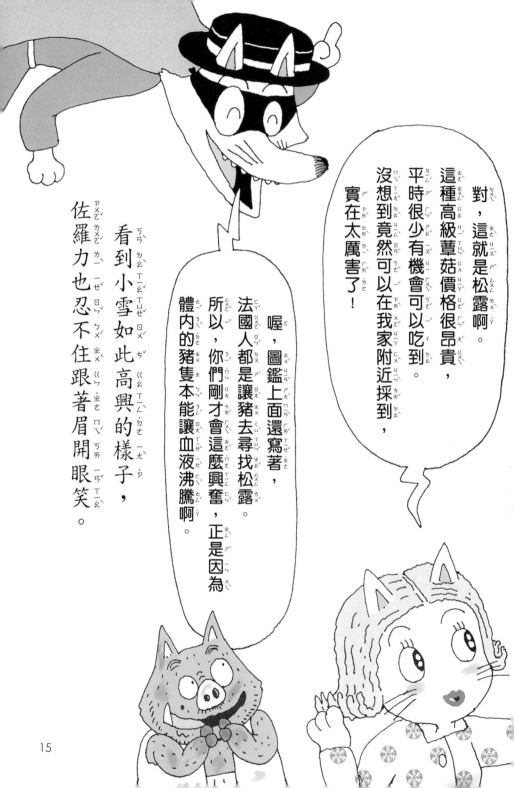

小雪立刻把松露削成薄片
放在蕈菇漢堡上。
「喔，搭配松露一起吃，
馬上就有了高級餐廳的味道。」
漢堡頓時變得特別好吃，
好吃到連下巴都快要掉下來了。
當然不光是漢堡而已，
濃湯、義大利麵和沙拉，
所有小雪做的蕈菇料理也都統統變得更好吃了。

四個人把所有的料理都吃得精光。

「啊，肚子吃得太飽了。」

吃完飯，大家一起享用飯後咖啡，這時，正在看蕈菇圖鑑的魯豬豬突然臉色大變，驚叫了起來。

「不、不好了，大家快來看這、這個！」

毒露

請特別小心
和松露長得非常像的毒露！

這就是有毒的毒露！

☆請仔細看這張照片，乍看之下，
形狀似乎和松露一模一樣，
但是毒露的下方看起來特別長、特別厚實。
這就是有毒的毒露。
一旦吃下這種毒露，八個小時內，
毒素就會流遍全身，導致死亡。

☆由於毒露的外形和松露極為相似，
有人採到這種毒露後，就興奮的拿起來吃，
誤食後果很嚴重，請大家務必提高警覺。

關於毒露這種蕈菇，
只生長在這個故事中的
這個地區而已，
請各位讀者不必
擔心呵。

一旦不小心吃了毒露，只有一種方法可以救命

☆不幸誤食毒露的人，
必須在八個小時之內，
吃下一朵像左圖的花，
才可以救命。
這種花名叫安達可利亞。
這種花可以分解毒露的毒素，
隨著尿液排出體外。
安達可利亞花生長在懸崖上，
平常很不容易找到。
吃下毒露的人，
必須盡快找到這種花，
把整朵花吃下去。
只有在吃下毒露的八小時內，
才能發揮解毒作用，
一旦超過八個小時，
很遺憾……

☆總而言之，不管怎樣，
無論如何，都千萬不要嘗試
把毒露吃下肚這種蠢事！

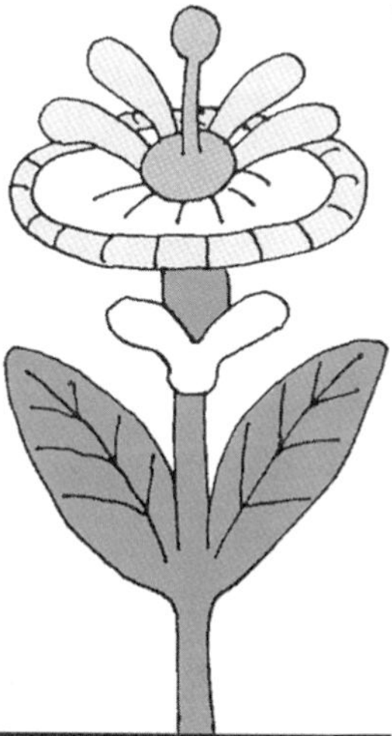

安達可利亞花

可以消除毒露的毒素

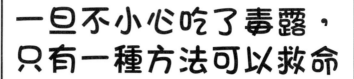

啊呀，怎麼會這樣？
我居然沒有好好看清楚，
以為這就是松露，還讓你們吃下肚。

小雪哭倒在地上。
佐羅力抓著她的手，

不，我們絕對不能輕易放棄，
只要在八個小時以內，
讓我們每個人吃下一朵安達可利亞花就能得救了。
放心，本大爺佐羅力一定會找到這種花的。

佐羅力一臉嚴肅的

向大家宣布。

「啊，你真是個可靠的人。」

小雪擦乾眼淚，抬頭看著佐羅力。

「伊豬豬、魯豬豬，時間一分一秒過去了，我們要馬上出發。」

佐羅力披上斗篷，精神抖擻的衝出了庭院。

注意這個倒數計時表，如果佐羅力沒有順利的在晚上八點之前，吃下安達可利亞花，他們四個人就會全部死翹翹。
作者 原裕
8點
7點
6點
5點
4點
3點
2點
1點
12點

從這一頁開始，會用倒數計時表來顯示還剩下多少時間，時間一到，毒露的毒素就會流遍他們全身。

佐羅力三人往山上前進，
去尋找據說只盛開在懸崖上的
夢幻之花——安達可利亞花。

「我們絕對不能讓這麼
漂亮的美女就這樣死掉。」

「但是，她為什麼一個人
住在樹林裡呢？」

「其中一定有隱情，
可能是哪裡的公主，
為了遠離壞心眼的後母，

所以逃了出來，
躲藏在這裡，
絕對就是這樣。」

「原來如此，
原來是這麼一回事，
簡直就像是白雪公主。」

「這麼說，
拯救這位公主性命的
白馬王子，不就是……」

「佐羅力大師您啊！」

伊豬豬和魯豬豬

異口同聲的叫了起來。

嘟嘿嘿嘿嘿，
在她處於生死邊緣時，
本大爺先救她一命，
再和她結婚，
就可以變成王子了。
呵呵，真害羞啊，
好，我要加油，
媽媽，看我的。

佐羅力雙眼發亮，
張大了眼睛看向遠方，
就在這時，
他看到遠方一大片芒草，
在芒草原上，
綻放著一朵安達可利亞花。
「太好了，我找到一朵了。」
佐羅力用盡全力，
快速跑了過去。

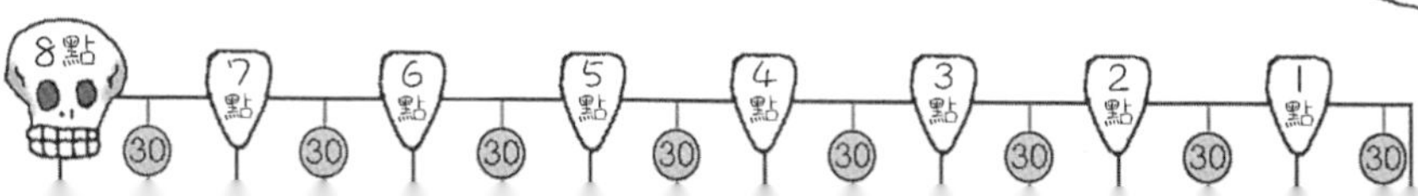

走近一看，
才發現，
那朵安達可利亞花
其實生長在懸崖的另一側。
佐羅力膽顫心驚的探頭
往懸崖下方張望，

發現深深的山谷下方有一條河流，
巨大的鱷魚在河裡悠然的游來游去。
「哇，離得這麼遠，要怎樣才能採到花啊。」
佐羅力用力咬著嘴脣
思考起來。

貪吃鬼

伊豬豬爬上了旁邊的柿子樹，想摘樹上的柿子吃。

「哇，你太狡猾了，也分一點給我嘛。」

魯豬豬也在樹下大叫著。

「你、你們兩個在這麼重要的生死關頭，到底在幹什麼！」

佐羅力露出無奈的表情。

「現在時間還早嘛，我們剛才沒有吃飯後甜點，這裡結了這麼多柿子，不吃太可惜了。」

伊豬豬把一個又一個柿子丟了下來。

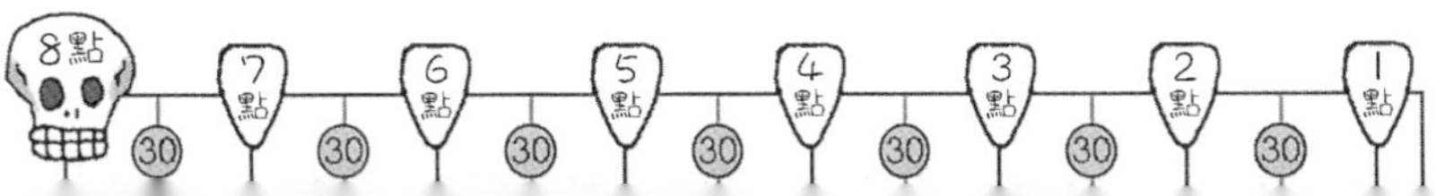

魯豬豬一接住柿子，立刻大口大口吃了起來。

嗚哇，好難吃！太澀了。

伊豬豬，這些柿子還很澀啦，根本就不能吃。

但是伊豬豬聽了，卻說：

「聽說拿澀柿子來做柿餅
特別好吃，我決定要多摘一點
拿來做柿餅。」
佐羅力氣得火冒三丈，
瞪著樹上的伊豬豬，
對他破口大罵：
「你這個傢伙，
可不可以認真思考一下，
要怎麼去採那朵花。」

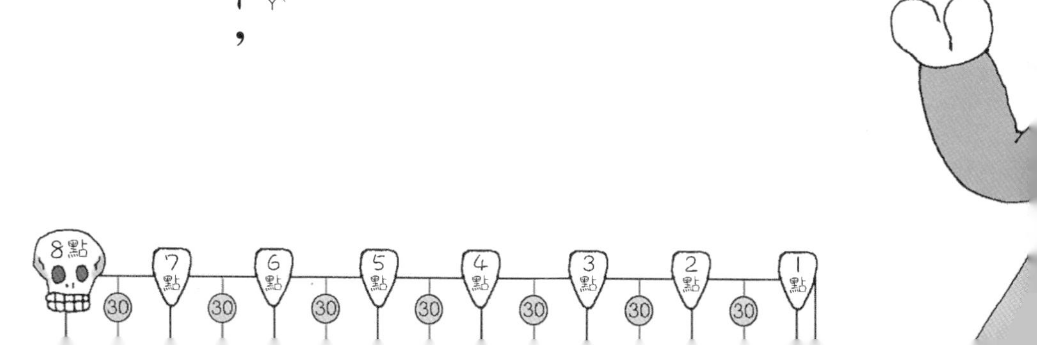

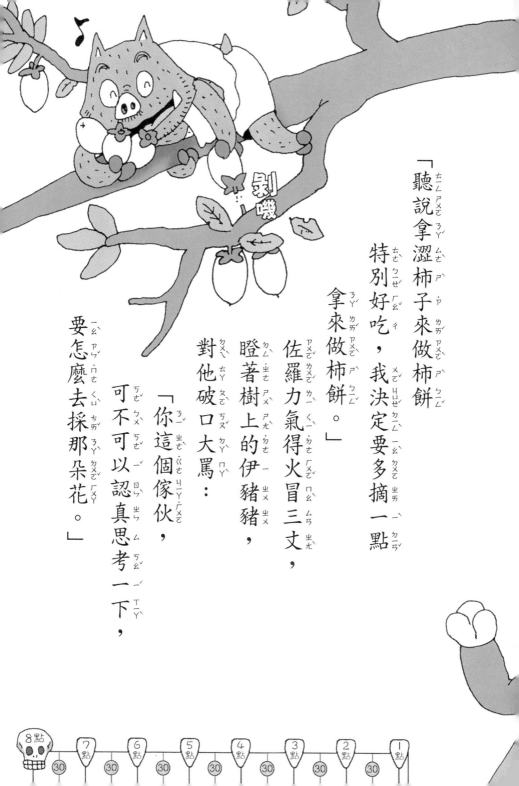

這時，
佐羅力發現
柿子樹的樹枝，
漸漸被伊豬豬的體重壓彎了，
幾乎彎到了花的附近。

在做成柿餅之前，
我要先這樣掛在脖子
上當成項鍊。
我真是太聰明了。

「喂，喂，伊豬豬，
你再往樹梢的方向稍微移動一點點，
只要一伸手，
或許就可以採到那朵花了。」

佐羅力
興奮的告訴
伊豬豬——

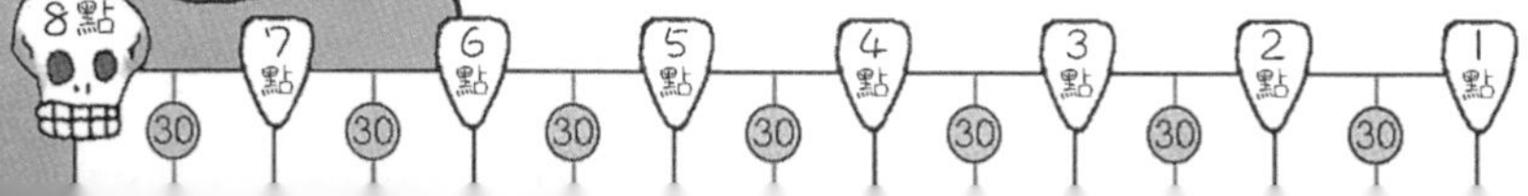
8點
7點
30
6點
30
5點
30
4點
30
3點
30
2點
30
1點
30

伊豬豬慢慢的爬到樹枝的前端，用力的伸長了手臂。

各位讀者，

請你們仔細看看

這一幕。

你們有沒有發現，

危險已經在不知不覺中，

向伊豬豬逼近了。

唉呀，
只差一點點，
就可以採到了，
真不甘心啊，
啊呀。

8點
7點
30
6點
30
5點
30
4點
30
3點
30
2點
30

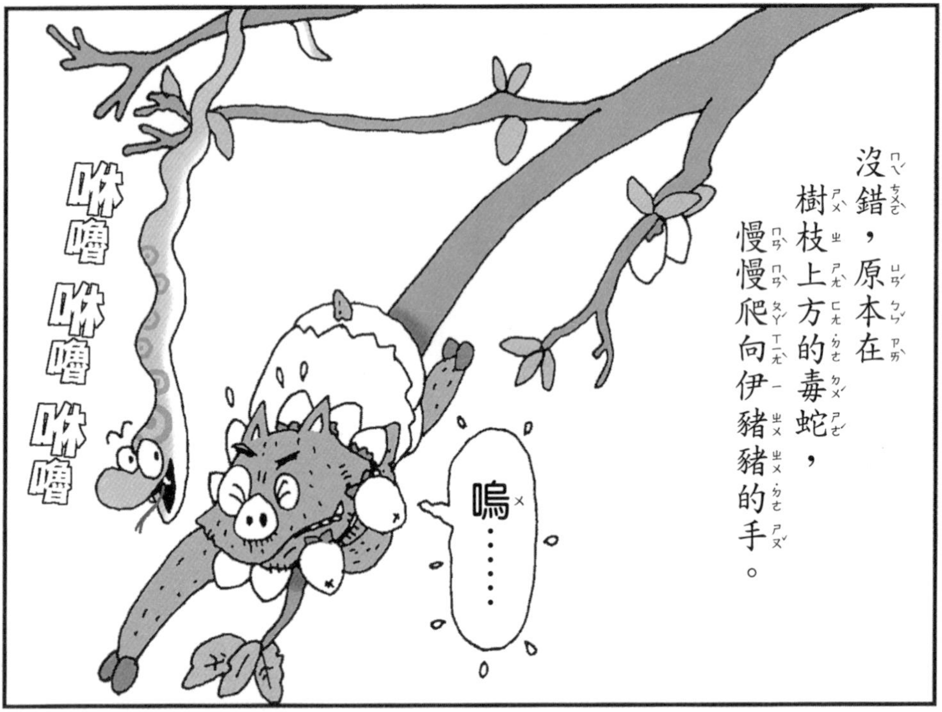
沒錯，原本在
樹枝上方的毒蛇，
慢慢爬向伊豬豬的手。
嗚……
咻嚕 咻嚕 咻嚕

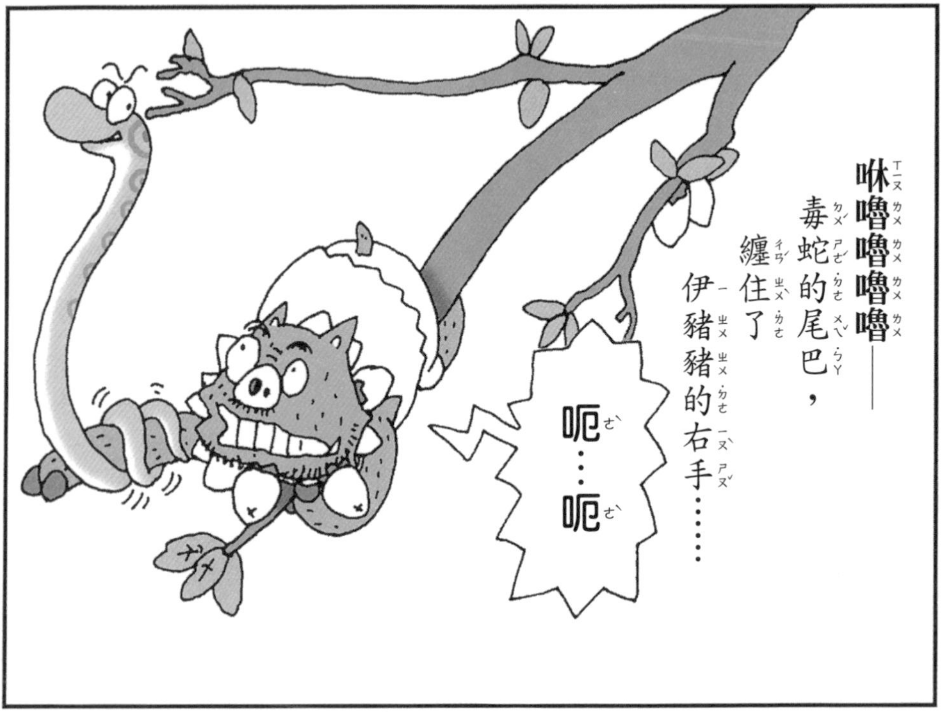
咻嚕嚕嚕嚕——
毒蛇的尾巴，
纏住了
伊豬豬的右手……
呃…呃

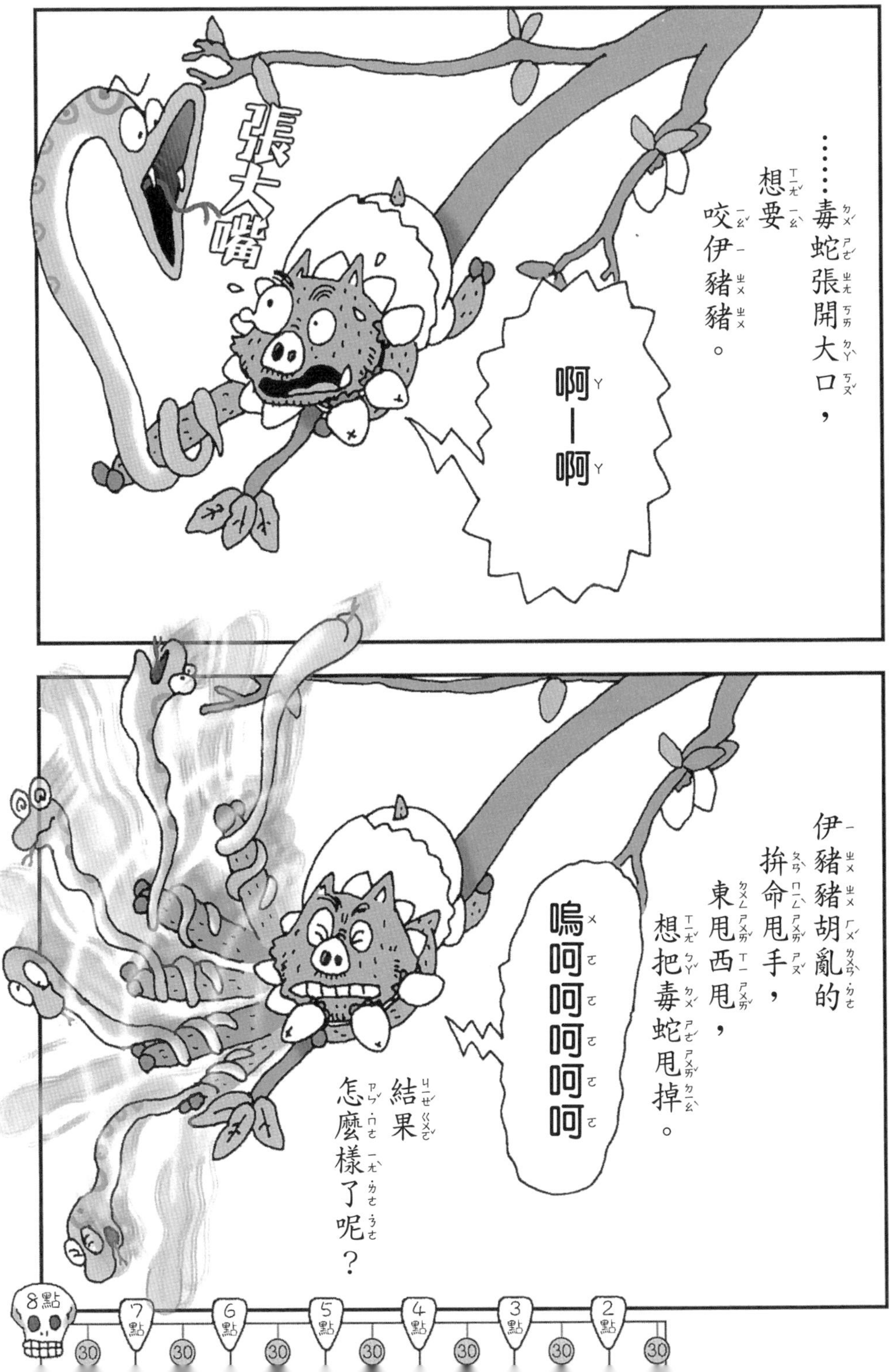
……毒蛇張開大口，
想要
咬伊豬豬。
張大嘴
啊—啊
伊豬豬胡亂的
拚命甩手，
東甩西甩，
想把毒蛇甩掉。
嗚呵呵呵呵呵
結果
怎麼樣了呢？
8點
7點
6點
5點
4點
3點
2點
30
30
30
30
30
30
30

咻嚕、咻嚕、咻嚕、喀。
蛇的身體好像
變成了一根鞭子，
纏在那朵花上。
被伊豬豬亂甩了一通的
毒蛇終於昏過去了。
「太、太好了，採到花了。
伊豬豬，一定要抓住那條蛇，
千萬不能放手啊。」

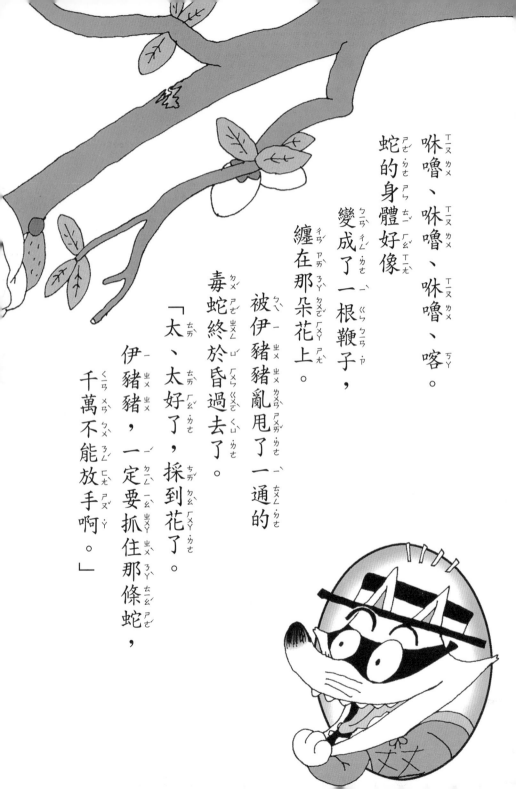

聽到佐羅力的命令，伊豬豬大聲的回答：

「知道了！」

喀嚓喀嚓……

這時，四周響起了可怕的聲音。

柿子樹的樹枝太細了，
撐不住伊豬豬的身體，
結果就折斷了。
正在河裡游泳的鱷魚當然不可能
錯過這個千載難逢的好機會，
早就在下面張開了
傾盆大口，
等待著伊豬豬
這個美食從天而降。

伊豬豬，你聽好了，千萬不能放開那根樹枝。
要用樹枝撐住那隻鱷魚的大嘴巴！
喔啊！
童話故事和漫畫裡，通常都是運用這種方法逃過一劫的。
各位讀者，你們說對不對啊？
8點
7點
6點
5點
4點
3點
2點
30

但是，
伊豬豬從樹上
掉下來時，
不停的在空中旋轉，
沒有辦法一直把頭
朝著下方。

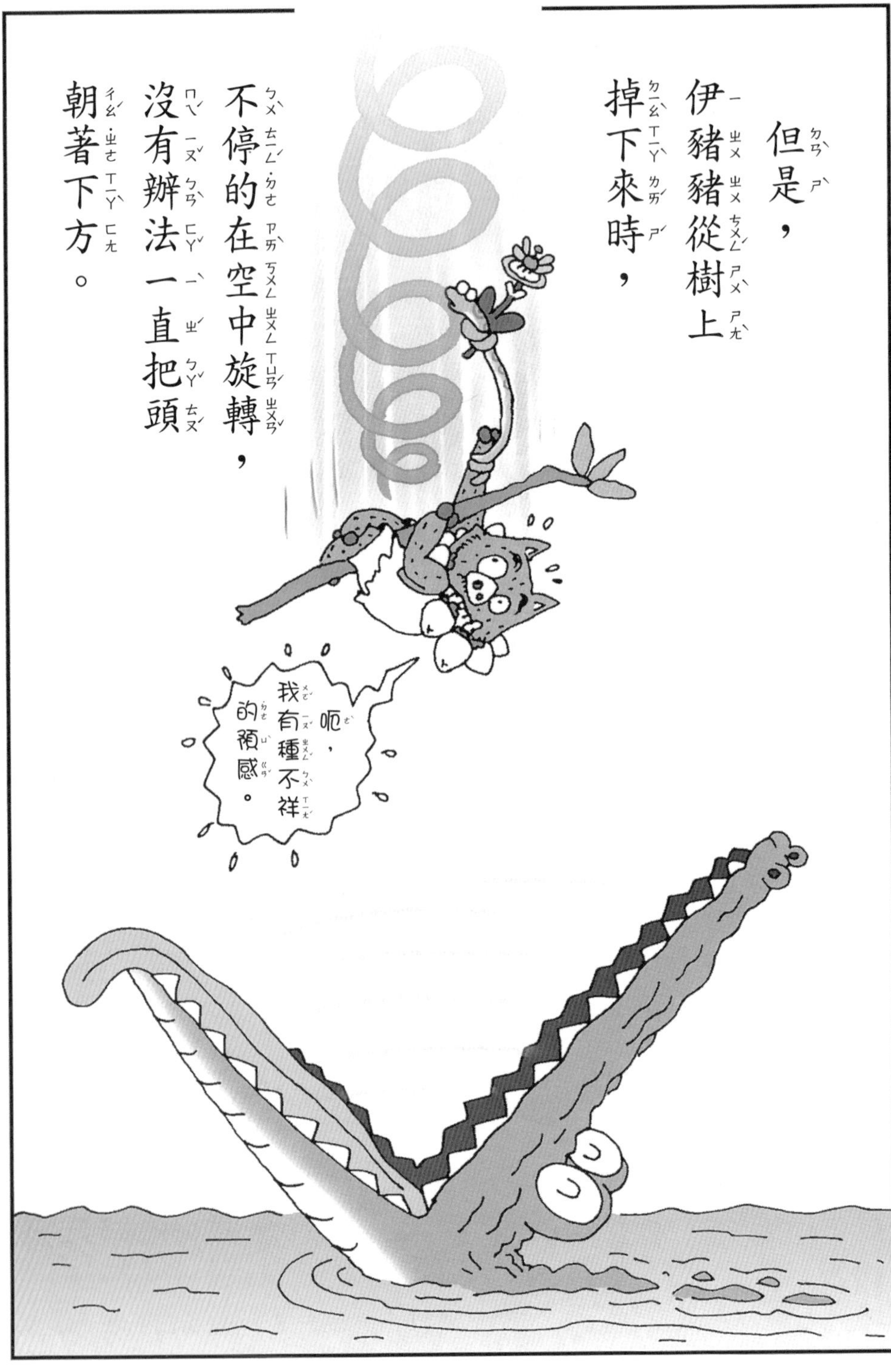

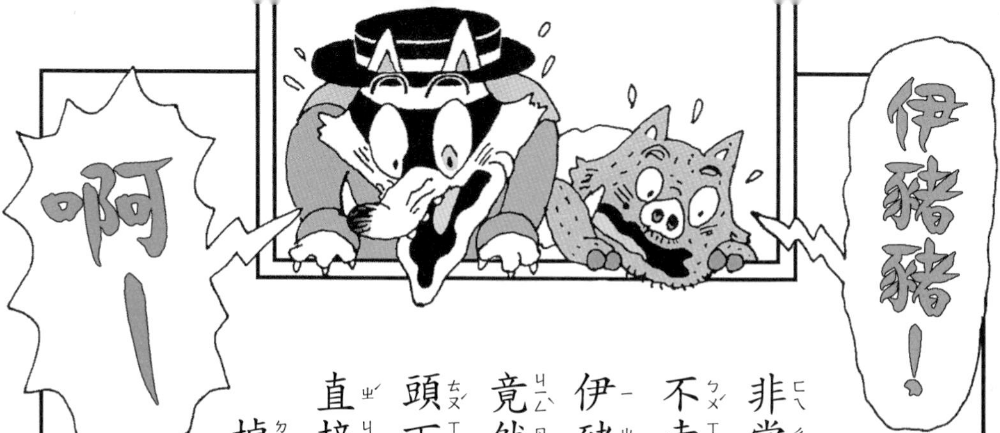

結果，非常、非常不幸的，伊豬豬竟然是頭下腳上的直接掉進了鱷魚的嘴巴裡。

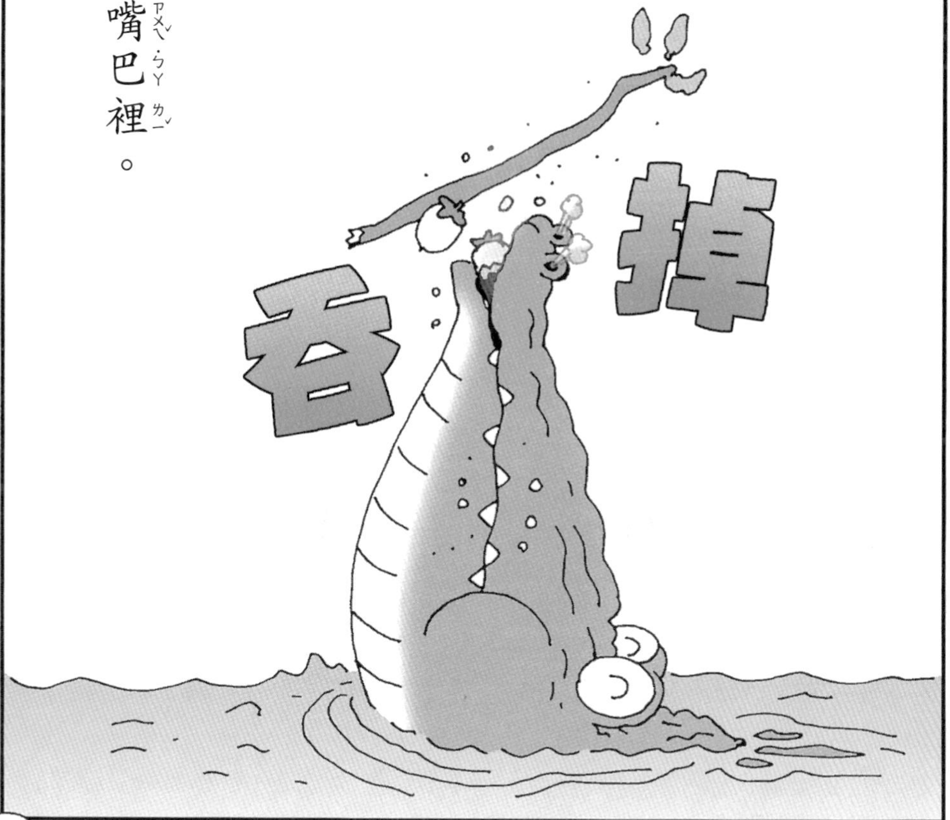

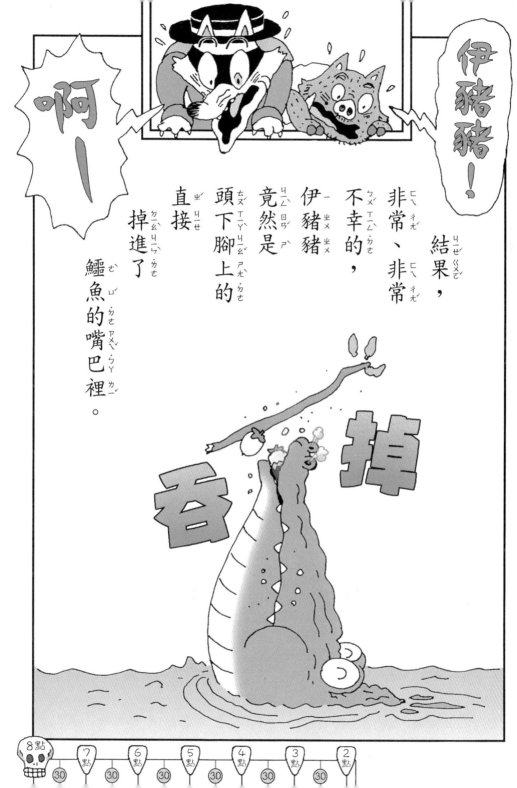

「啊，伊豬豬真是太可憐了。」

「請你原諒我們，

我們根本救不了你。」

佐羅力和魯豬豬抱在一起，

放聲大哭。

這時，突然聽到——

佐羅力大師，我回來了。
咻—咻

伊豬豬的手裡
緊緊抓著
咬著花的毒蛇，
從山谷下面
跳了上來。

「怎、怎麼回事？」
「發生什麼事了？」

佐羅力和魯豬豬
納悶的探頭看向山谷下面。

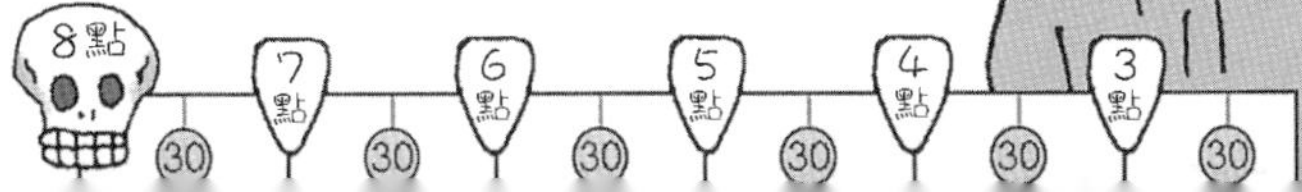

在河裡游泳的鱷魚一臉痛苦的表情。

「嘿嘿嘿，

那隻鱷魚咬到我掛在脖子上

的澀柿子項鍊。

結果，

柿子實在太澀了，

我和柿子就一起被吐了出來。

我剛才採那些柿子

果然是

明智的決定。」

伊豬豬得意的說完，把纏了毒蛇的那朵花遞給佐羅力。

「成功了！無論如何，我們已經找到一朵了。」

佐羅力想要伸手接花，就在這時——

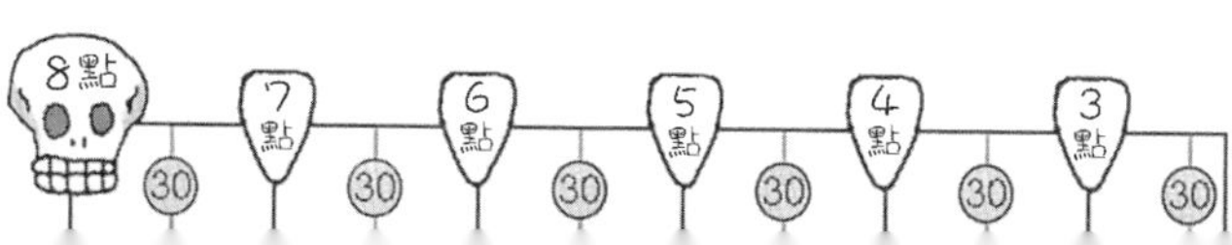

——突然，
一個小男孩
把花搶了過去，
然後，
頭也不回的，
逃走了。
「怎麼會有這種事？
喂，還給我。」

伊豬豬冒著生命危險，
好不容易採到的花，
這麼重要的花，
怎麼能夠就這樣
輕易被人搶走？
三個人
用盡全力，
拚了命也要追到那個小男孩。

就在這時，纏在花上的毒蛇，從昏迷中清醒過來。
毒蛇不想繼續被人作弄捉著到處跑，就把尾巴纏住一旁的樹枝——
想辦法要趁機逃走。
結果，那個小男孩就這樣跌倒了——
滑倒

——佐羅力抓住了那個小男孩，
把花搶回來了。
「你這個死小孩，
你知不知道，
我們這朵花是要拿來救人命的。」
佐羅力生氣的教訓小男孩。
「我也是要拿去救我媽媽的性命啊。」
小男孩抬起頭時，
雙眼中含著淚水。

佐羅力追問小男孩
到底怎麼回事，原來——

①我的名字叫馬修，
今天我從學校
放學回家時，
媽媽說她吃了毒露，
感到很痛苦。
馬修，
對不起，
媽媽可能
馬上要死了。
我知道我一定要
在八個小時內，
找到安達可利亞花，
讓媽媽吃下去，
才能救媽媽——
②我馬上
衝出家門，
到處尋找
這種花……
但是，
時間一分一秒
過去了，
我卻還是
沒有找到
安達可利亞花，
就在這時——

佐羅力看著馬修，
露出嚴肅的眼神。

③我發現你們手上有這種花。心裡開心得不得了，當我回過神時，發現自己已經搶了花逃走了。
④對不起，如果沒有花，我媽媽就會死掉。拜託你們，求求你們了，請把這朵花……請把這朵花送給我。
8點
7點
6點
5點
4點
3點
30
30
30
30
30

「好吧，
那你拿走吧，
趕快拿回家去
救你的媽媽。」

佐羅力深深了解
沒有媽媽的小孩會多麼傷心、
多麼難過。
他不希望馬修
也和自己一樣

為失去媽媽而難過。

「真、真的嗎？我真的可以把這朵花帶走嗎？謝謝。」

馬修接過花，一次又一次的向他們鞠躬道謝，然後才轉過身，跑往山下的方向。

「伊豬豬，魯豬豬，對不起，
我擅自做了這個決定。
因為我一聽到媽媽這兩個字，就沒辦法了。」
佐羅力抓了抓腦袋說。

「佐羅力大師心地真善良。」
「沒關係，反正時間還來得及，
我相信我們
一定很快就會找到
四朵花的。」

當佐羅力三人
調整好心情，
準備重新去找花時。

哈哈哈哈哈，
我們全部都聽到了，
一個字都沒聽漏。

一個大黑影和
另一個小黑影
從樹上跳了下來。

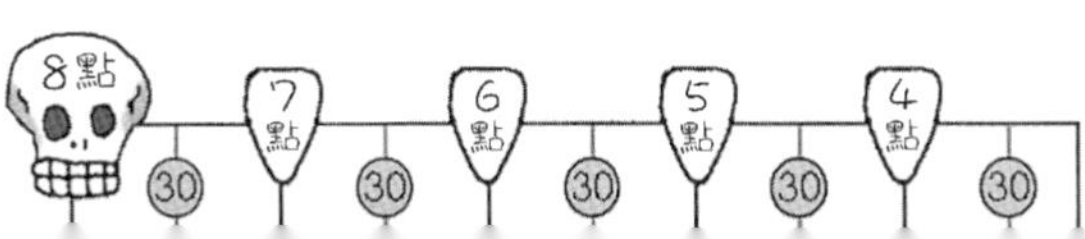

他們不是別人，正是那兩位忍者。

以前，佐羅力曾經陷害過他們，
他們一直在等待機會，
向佐羅力報仇。

「你們想要的東西，
是不是這個啊？」
猩猩忍者的手上
緊緊握著一朵
安達可利亞花。

☆想進一步知道這兩位忍者的故事，請看《怪傑佐羅力之忍者大作戰》和《怪傑佐羅力之恐怖大跳躍》。

「嘿嘿嘿，
要不要來比賽一下啊，
看看天字第一號的
大壞蛋佐羅力
能不能從我的手上
搶走這朵花？」
猩猩忍者咧著嘴笑著說。
「好，我接受你的挑戰。」
佐羅力說完，立刻撲向忍者。

但是，對手是忍者，他們忽左忽右的逃來逃去，佐羅力他們根本連花都摸不到。

不一會兒，
佐羅力三人喘著氣，
感覺身體愈來愈沉重了。
難道，毒露的毒素終於
慢慢的流向全身了嗎？

接住
踏嗒

看看啊，就在這裡嘛！
呼哈呼哈
呼哈呼哈
8點
30
7點
30
6點
30
5點
30
4點
30

最後，他們三個人都渾身無力，癱倒在地上。

呀吼！天字第一號壞蛋佐羅力終於完蛋了。

那接下來就由我們兩個接手，成為這個系列的主角吧。

真是好主意。各位讀者，接下來，就換我們兩個當主角呵，請多多關照——
那我們趕快來研究一下，你覺得「猴子忍者系列」這個名字如何？
你不覺得『猩丸猴丸忍者教室』這個系列名聽起來也很吸引人嗎？
猩丸猴丸
忍者教室
猴子忍者之在大阪城堡大顯身手
哎呀！這可不得了了
難道，這本書的主角真的會被猴子忍者搶走了嗎！？
8點
30
7點
30
6點
30
5點
30
4點

不，當然不能
讓他們得逞。
佐羅力露齒一笑，
伸出手指了指。
伊豬豬和魯豬豬跟著
朝佐羅力手指的方向一看，
發現安達可利亞花
就在懸崖的中間，而且有四朵，
簡直就是為佐羅力他們準備的。

「嘻嘻呵呵，怎麼樣？
只要採到那四朵花，
我們根本不需要
他們手上的花。」
佐羅力說完——

「哇哈哈哈，你們哪來的力氣可以爬上那麼險峻的懸崖？不可能、不可能，絕對不可能的啦，我勸你們趁早放棄吧。」

兩個忍者撐大鼻孔，得意的大笑起來。

經他這麼一提醒，
佐羅力發現
他說的確實有道理。
一時之間，心灰意冷，
懊惱得不得了，
只能目不轉睛的看著地上。
佐羅力真不愧是天才，
他靈機一動，
馬上就想到了一個好主意。

佐羅力把伊豬豬和魯豬豬叫了過來，
在他們耳邊小聲說了什麼。
然後，
三個人在懸崖前排成了一排，
把褲子脫到了膝蓋。

好了，開始吧！

佐羅力一聲令下，
三個人
手拉著手——

你們到底想幹什麼？真有意思啊。
對啊，我們就在這裡好好欣賞你們的好戲囉。

他們三人
用力的翹起屁股……

翻開下一頁之前，有一個問題要考考大家。

★ 佐羅力他們打算用什麼方法跳到懸崖上採花呢？

既然佐羅力他們露出了屁股，那當然……
當然就是那個很臭的東西。
恐怕又要聽到噗叭叭叭的聲音了。
各位讀者，在想好答案之前，不能翻下一頁呵。
《怪傑佐羅力》的忠實讀者

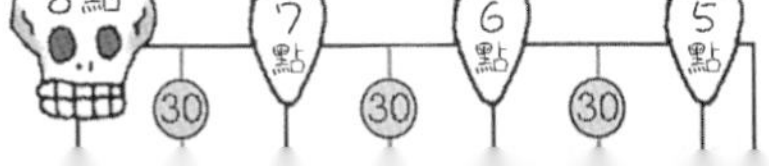

8點
7點
6點
5點
30
30
30

他們將屁股用力的坐在栗子毬果上。
呵？
啊？

讓栗子毬果上尖尖的尖刺刺進屁股裡，利用這種痛死人的方法，讓自己用力跳起來。

佐羅力正想伸手採花時，
忍不住懷疑自己看錯了。
因為他原本以為有四朵花，
但是懸崖上卻只有兩朵花而已。
「呃呃，我好像因為毒露的毒讓眼睛花了，
把兩朵花看成了四朵。」
當他們摘下那兩朵花之後，
發現了更加可怕的事。
他們現在正站在懸崖峭壁中間，

既沒有力氣往上爬，
也沒有勇氣
往下走。

「呼——」

三個人渾身無力，
只能一屁股
坐在地上，
一動也不動。

這時——

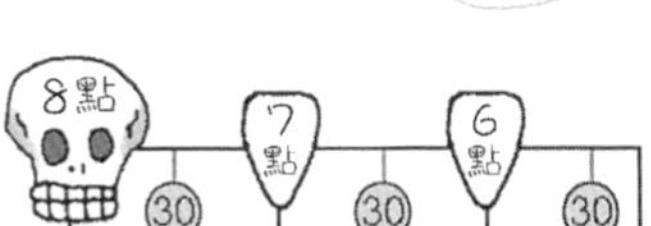

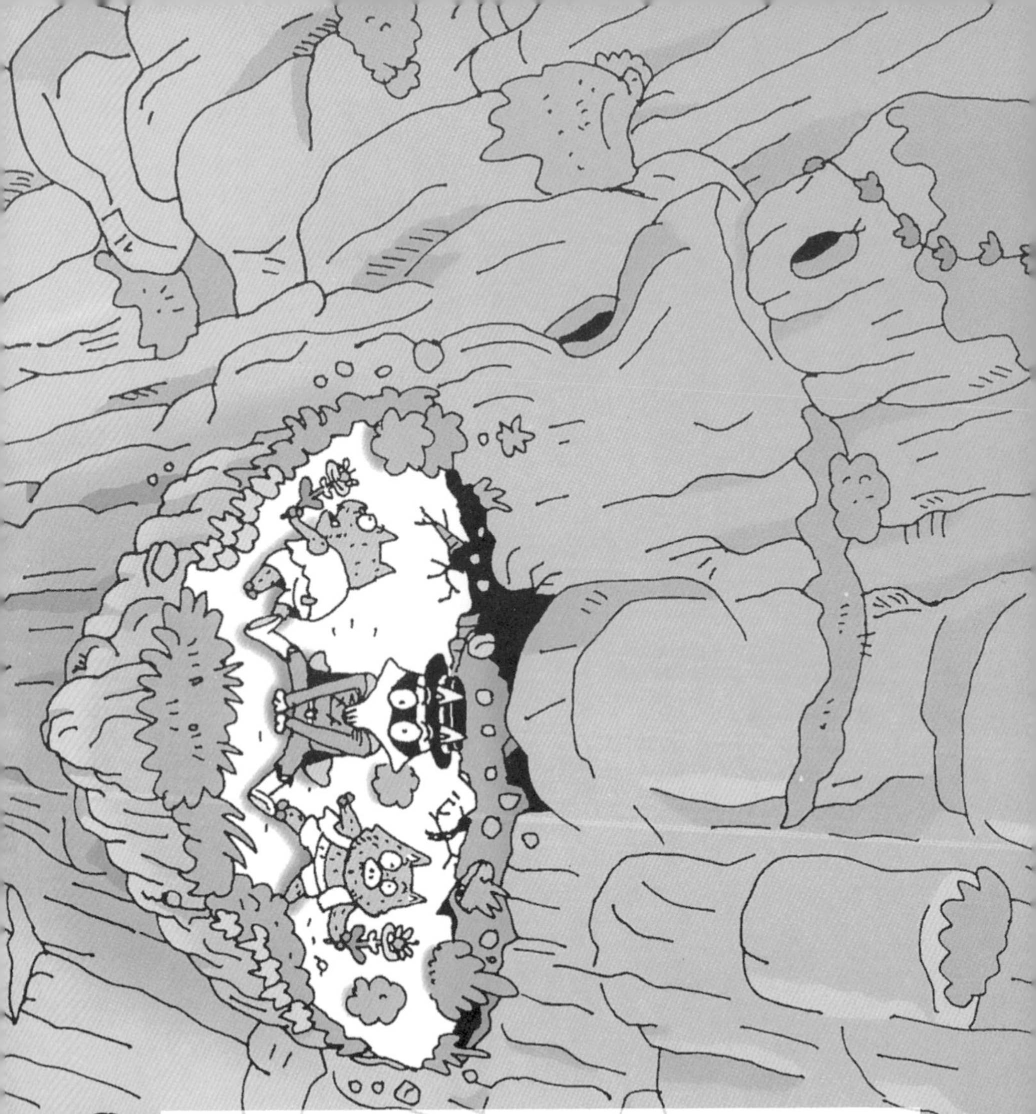

——這塊在懸崖上突出來的石頭，因為承受不住他們三個人的重量。

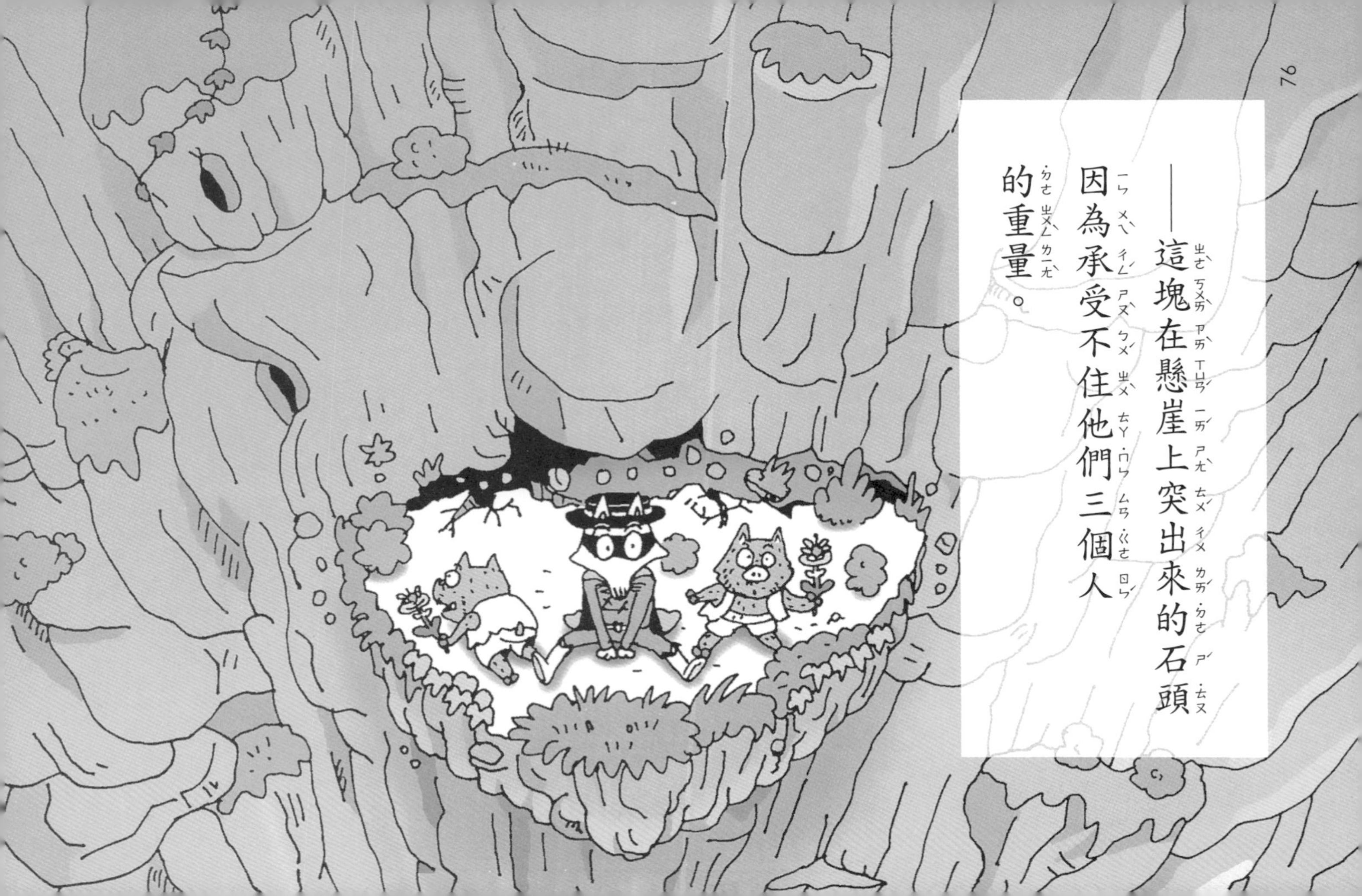

於是，載著他們三個人，
慢慢滑了下去，
簡直就像在搭電梯一樣。

由於事情發生得太突然了，
本來在下面看好戲的兩個忍者
根本來不及逃走。
結果，載著佐羅力三人的懸崖
剛剛好壓在他們身上！

佐羅力張開眼睛，
正好看到
猩猩忍者手上拿的那朵

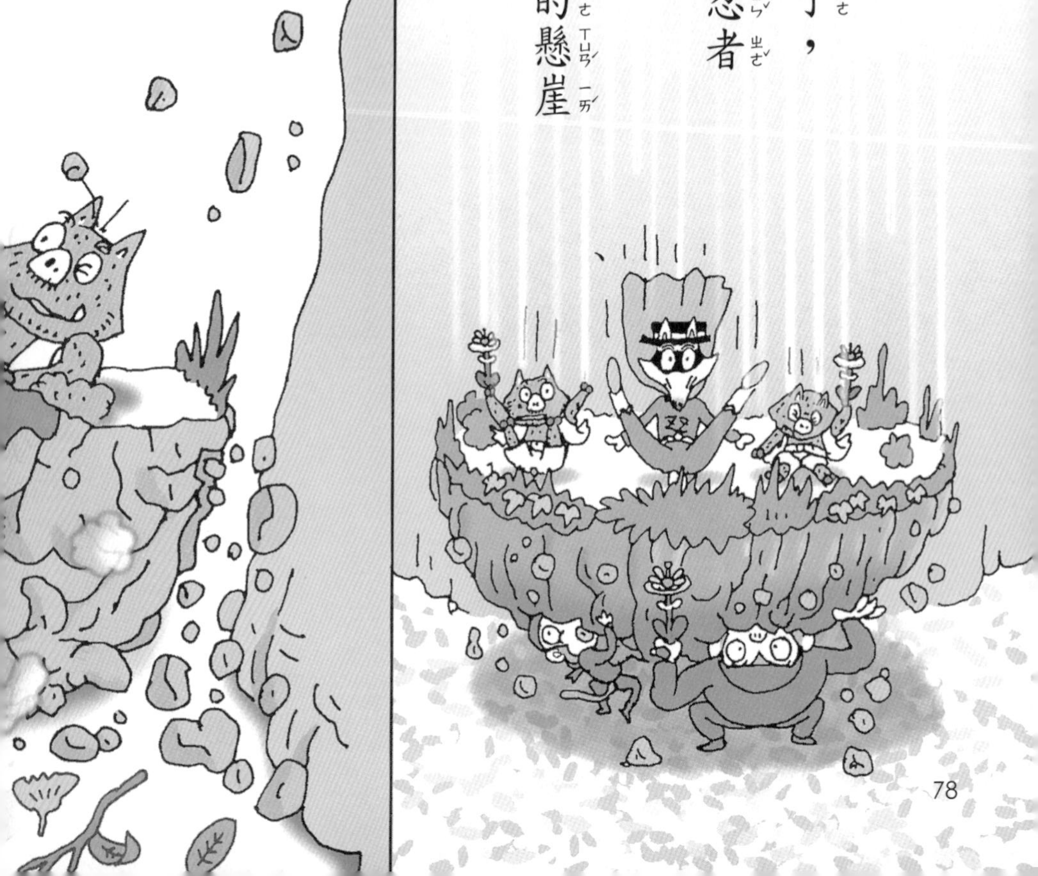

安達可利亞花
就在他面前。
「喔，太幸運了！
他們剛才說，
只要我能搶到這朵花，
他們就要送給我們，
對吧？
那我就不客氣了，
收下囉。」

於是，他們拿到了三朵花。

「終於每個人都有一朵花了。」

「對啊，我們得救了。」

伊豬豬和魯豬豬

心情都特別好，

張開大嘴，

把手上的花放進了嘴裡。

「啊，等、等一下！」

當佐羅力制止時，

伊豬豬和魯豬豬
已經咕嚕一聲，
把花吞進肚子裡了。
「你們兩個笨蛋，
難道你們忘記了，
我們還缺一朵花嗎？
我們還得趕快
再找一朵
才行耶——」

被佐羅力罵了之後，
伊豬豬和魯豬豬才終於清醒過來。
「啊，對呵，還有小雪……」
「但現在沒有時間也沒有體力再找了，
本大爺打算把這朵花拿去給小雪，
既然你們身上的毒已經解了，
那麼在今天晚上八點之前，
趕快找到另一朵花給本大爺送來。
不然的話，我們就從此永別了。」

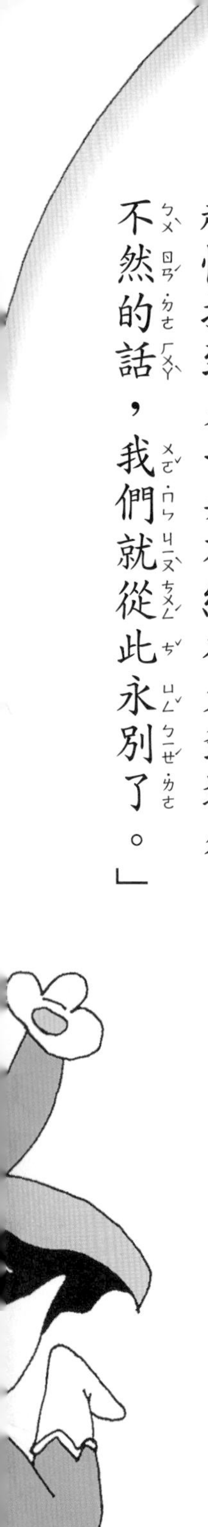

說完，佐羅力拖著疲憊的身體，一步一步的走下山去。

喂，魯豬豬，我們無論如何，都一定要為佐羅力大師找到安達可利亞花。
對，那是當然的。想要拯救佐羅力大師，就要看我們的了。

一個小時後，小雪發現佐羅力
搖搖晃晃的從山上走了下來。
小雪上前攙扶佐羅力，
佐羅力把花遞到她面前，說：
「趕快、趕快把這個吃下去。」
佐羅力的聲音幾乎聽不到了。
「不，佐羅力，
這不是我的花，
這朵花

是屬於你的。」

小雪語氣溫柔的回答說。

「你在說什麼啊，本大爺為了你……」

佐羅力的話還沒有說完，

「啊，媽媽，就是這個叔叔！」

從小雪身後走出來的——

——正是佐羅力在山上遇見
把花送給他的男孩。
什麼？
原來你的媽媽
就是小雪……
佐羅力驚訝不已，
謝謝你救了我太太，
我真的不知道
該怎麼表達
我內心的感謝，
真的非常
謝謝你。
嗯。

原來小雪已經結婚嫁人了。

比起毒露的毒，失戀對佐羅力造成的打擊更沉重，他一下子昏了過去。

不行啊，佐羅力，如果不趕快把花吃下去，你就會死啊，已經沒有時間了，拜託你趕快醒一醒。

小雪拚命搖著佐羅力，一次又一次的搖著他。

晚上八點早就過了，

這時，滿身泥巴，渾身是傷的伊豬豬

和魯豬豬緊緊握著花，

連滾帶爬的從山下跑下來。

「佐羅力大師，我們終於找到了。」

「對不起，我們這麼晚才來——」

他們看到小雪，急忙問她：

「佐羅力大師在哪裡？

他人在哪裡？」

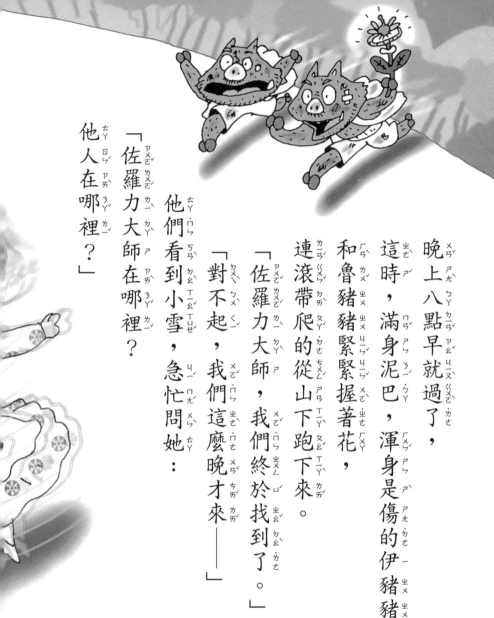

「啊啊，

他在我家……」

小雪的話還來不及說完，

伊豬豬和魯豬豬

已經掉頭跑走了，

他們用力踢開門，

衝進了屋裡。

佐羅力靜靜的躺在
房間裡面那張床上。
「啊，我們果然
來得太晚了。」
「我們永遠都
幫不上忙——
」

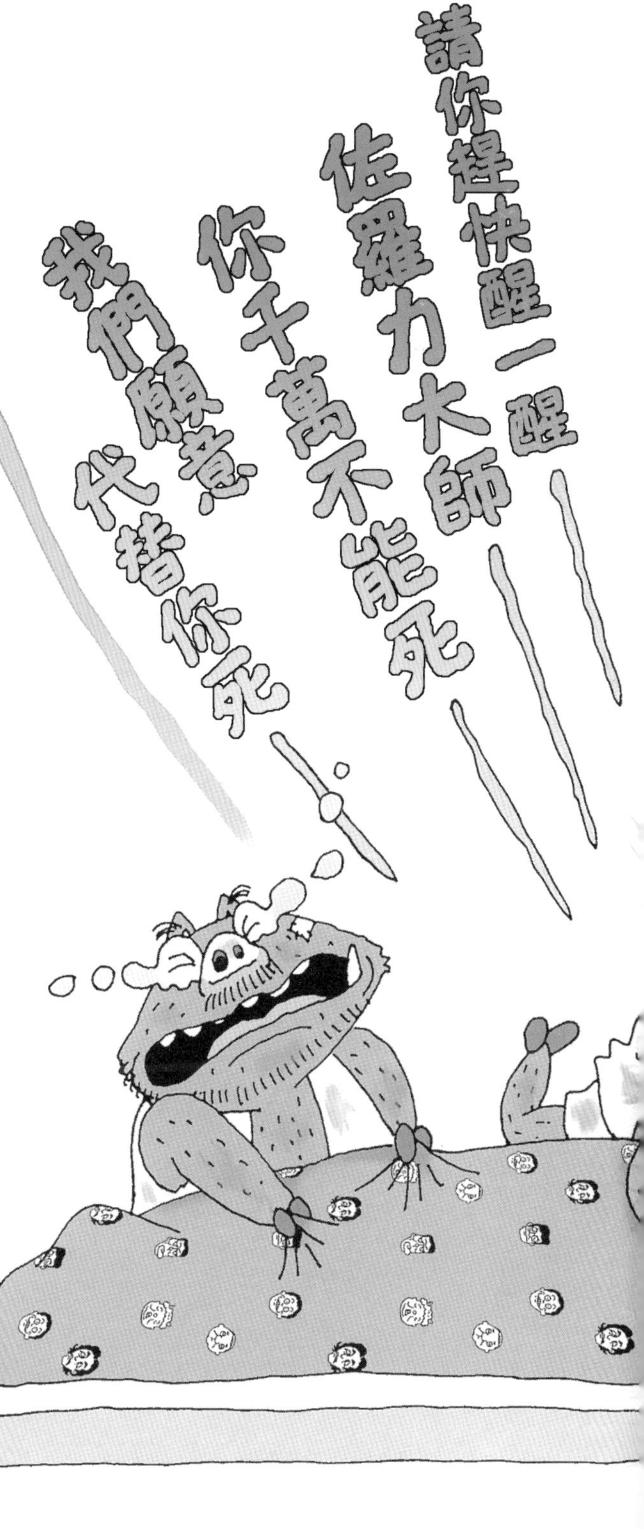
請你趕快醒一醒
佐羅力大師
你千萬不能死
我們願意代替你死

伊豬豬和魯豬豬
哭得稀里嘩啦，
不斷抱著佐羅力哭喊著……

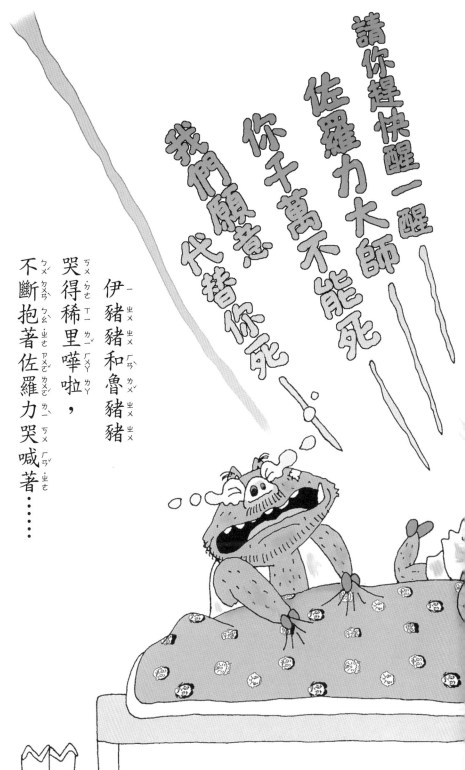

你們兩個真是吵死人了——
佐羅力竟然坐了起來。
佐羅力大師，原來你還活著……
當然啊，看到佐羅力突然昏了過去，我連忙把花磨碎了，從他的嘴巴裡灌了進去。太好了，他終於又活過來了。
啊，馬修耶。

佐羅力看到

小雪和她的丈夫、兒子在一起，

一家三口幸福的樣子，猛然站了起來。

「大家都到齊了，伊豬豬、魯豬豬，

我們繼續去旅行吧。」

佐羅力無力的推開門，

看著星星閃爍的夜空

走了出去。

原來，小雪根本就不是什麼公主，而且居然還是馬修的媽媽，我真是嚇了一大跳，幸好最後大家都得救了，真是太好了。
能夠看到佐羅力大師還活著，我實在太高興了。只要活下去，就可以談戀愛，也可以建造佐羅力城堡。

你說得太好了。只有活著才能做這些事，而且，適合我的新娘當然必須是真正的公主才行啊，不然的話，怎麼配得上本大爺呢？
好，那就看我的。我要來找新娘了，媽媽，你等著看吧。我一定會建造出佐羅力城堡的。
如果各位知道哪裡有適合我家佐羅力的漂亮新娘，
請你們一定要記得介紹給他，拜託各位啦。

• 作者簡介

原裕 Yutaka Hara

一九五三年出生於日本熊本縣，一九七四年獲得KFS創作比賽「講談社兒童圖書獎」，主要作品有《小小的森林》、《手套火箭的宇宙探險》、《寶貝木屐》、《小噗出門買東西》、《我也能變得和爸爸一樣嗎？》、【輕飄飄的巧克力島】系列、【膽小的鬼怪】系列、【菠菜人】系列、【怪傑佐羅力】系列、【鬼怪尤太】系列、【魔法的禮物】系列等。

• 譯者簡介

王蘊潔

專職日文譯者，旅日求學期間曾經寄宿日本家庭，深入體會日本文化內涵，從事翻譯工作至今二十餘年。熱愛閱讀，熱愛故事，除了或嚴肅或浪漫、或驚悚或溫馨的小說翻譯，也從翻譯童書的過程中，充分體會童心與幽默樂趣。曾經譯有《白色巨塔》、《博士熱愛的算式》、《哪啊哪啊神去村》等暢銷小說，也譯有【魔女宅急便】系列、【小小火車向前跑】系列、《大家一起來畫畫》、《大家一起做料理》【大家一起玩】系列等童書譯作。

臉書交流專頁：綿羊的譯心譯意。